有你的日子 永遠晴朗

chapter:ONE
曖昧的祕密   *p.009*

chapter:TWO
我們還拙於表達愛

chapter:FOUR
捨不得忘記每一秒   *p.113*

blossom,
you are not around

chapter:FIVE
花又開了你不在   *p.147*

chapter:ONE
. ...

ambiguous

ambiguous:01~20

曖 昧
的
秘 密

「你是我最想抵達的遠方。」
我在我的未來替你留了位子
不必盛裝亦不必討好
但你能不能不要缺席。

有你
的　日子
永遠　晴朗

倘若不曾相遇，便不必承擔分離。
一廂情願的把所有平凡
都誤解成喜歡。

想把自己釀成甜甜的蜜
你喊我的時候溫順，從不委屈。

ambiguous

一如往常，她的身影圍繞你
接受是唯一的選擇
我笑著加入隊伍
假裝甘於自己在你心裡平凡。

走著走著來到一個大的十字路口
過馬路的途中
我的手腕被你輕輕抓著，輕輕的。

像是護著重要的東西
在我回過神來之前
卻又不著痕跡的放開。

有你
的　日子
永遠　晴朗

ambiguous

好像是一種習慣
溫柔的說著我等你，明明早就厭
倦了等待。理智和情感相斥。

我不要你出現夢裡
不要你溫柔的施捨
不要一時興起的回應。

難道這不是小小的心願嗎？
正是口是心非的甘願啊
最後還是執著的想要把你
放進潛意識。

能不能有一天，我愛你三個字
不論正著讀倒著讀都是一個意思。

不要對我說太多溫柔的話
不要互道晚安。
不要讓我等，即便我願意。
不要住進我的潛意識
不要踩踏我心裡的軟土
不要佔據日記的扉頁。
不要用那樣的眼神望著我
不要笑得那麼溫柔

有你
的 日子
永遠 晴朗

因為我會相信。我會相信啊。

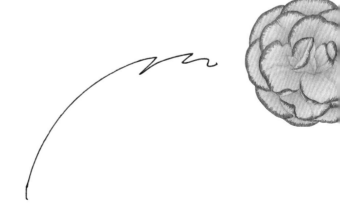

想看你燦爛的笑
也想為你擦去眼淚
想在白天做你的影子
在夜晚成為你的月光。

有你
的　日子
永遠　晴朗

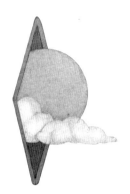

或許夢境真的承載了潛意識。
入睡之前，總在心中無數次默唸
你的名姓。相信今天晚上入夢以
後，能夠相見。

有你
的　日子
永遠　晴朗

多麼小的願望啊，也不知是不是心
誠則靈，如願在夢裡遇見你。
所有不敢說的、不敢做的
都因為「這是夢」而變得誠實
說喜歡你的表情那麼虔誠、那麼
溫柔。

在愛裡，我們都是自討苦吃的人。
我們總是願意
為對方變成他想要的樣子
深深相信
他會因此每天多喜歡我一點點。

有你
的　日子
永遠　晴朗

ambiguous

總是叮嚀你要記得帶傘
卻又希望你忘記。
為了與你共撐一把傘的這個時刻
我日日都帶著傘。
或陰雨或豔陽
我都期待那一刻剛好在你身邊。

ambiguous

無傷大雅的謊言有很多：
「我不傷心」、「我沒哭」
「我不想你」。

有你
的　　日子
永遠　晴朗

「你怎麼在這裡！」
「哦，我只是，剛好在附近辦事情。」
「剛好我正在想你。」
哪一次不是費盡心思
想盡理由就為見你一面
幸好你總是不忍心拆穿這個秘密。

有你
的　　日子
永遠　晴朗

ambiguous

「你是值得珍惜的人。」
我一次又一次對你說
希望有一天,你能珍惜我。

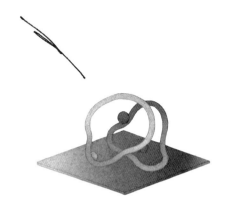

ambiguous

小時候，喜歡偉特鮮奶油糖。
放在書包，一天只能吃一顆的那種珍惜。

自從知道你也喜歡
我就想全部都留給你。

迷戀那些問候，就是最簡單最不費力，
對陌生人也能說的那種。
像是早安晚安，或是天冷了記得穿暖。
在這些寒暄以外
我們的生命能有所重疊嗎？

有你
的　日子
永遠　晴朗

我想念你。
想念那些噓寒問暖，想念那些晚安。
現在沒有了也不要緊
我知道你就在某個地方。
黏而不膩的想念，這樣就好。

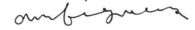

流年總是動盪，免不得兵荒馬亂
無法預測突如其來的災厄
即便此時無法在茫茫人海中相認
但有朝一日可以在一起。

我曾經如此相信。

過馬路時剩下的秒數不多
你興奮地對我說：「準備好了嗎？」
思緒尚未反應過來
你卻已經牽著我輕快地跑過街口

你看見我微紅的雙頰
將我落於額前的頭髮順至耳後

我們相視而笑。

「我真心希望你能好。」
我害怕你不需要我的陪伴
而我卻仍然心疼你。

在韓劇廣告時抽空想你
在撐起傘的那一刻想你
在修剪分岔髮尾時想你
在陽光灑落的露台想你
在陰雨綿綿的日子想你

有你
的　日子
永遠　晴朗

ambiguous

想你的時候，我才像我自己。

ambiguous

把你到過的地方一一記下
想像在未來的某一天也能去。
我喜歡你
想牽著你的手和你一起旅行。
若可行，也想踏著你走過的足跡。

有你
的　日子
永遠　晴朗

ambiguous

夢太誠實，我們像孩子一樣撒嬌
說的都是最真摯的喜歡。
我們同步愛的語言
共度餘下的人生。

願望都有實現的可能
所有的愛都成真。
你能牽我的手，說動人的話
能一心一意地望進我的眼睛。

有你
的　日子
永遠　晴朗

「好，我保護你。」
為何在我耳裡聽起來像是
「我愛你。」

clumsy love

clumsy love:21~40

我們
還 拙於
表達愛

clumsy love

難以避開你的目光
原諒那些胡言亂語
世界融化了我也不在意。
閱讀是很適切的活動
想看時就翻翻一番羽，想你時就翻翻一番羽。

有你
的　日子
永遠　晴朗

成為愛人以前，我瞻望歲月
用一種虔誠的情緒
與你以外的人錯身。

有你
的　日子
永遠　晴朗

clumsy love

有時聽不懂古典音樂
但還是好喜歡它的溫柔。
無法記住所有星星的名字，不知它
究竟離我多遠，但閃爍的光襯著
夜空，好美好美。

clumsy
love

像吃甜甜的糖
一個晚安給你，一個晚安給自己。
我們就能在夢裡相遇。

有你
的 日子
永遠 晴朗

每個早晨睜開眼睛
第一個想到的人就是你。
早安晚安都是溫柔的惦記
純粹乾淨的感情
在我最好的年華，剛好遇見你。

承諾的當下是真實，我們都由衷愛著。
我對你的一世情話
你只要在我身邊，好好的聽。

clumsy love 之

下雨了，我撐起傘
好將灰色小心翼翼地
隔絕在我的世界之外。

我和你共享傘下的世界
兩顆心足夠貼近，連呼吸也相親。

有你
的　日子
永遠　晴朗

那日我足夠勇敢
將自己的脆弱
毫不保留地在你面前攤開。

clumsy love

秋天，是太適合想念的季節。
經常想像自己就是月亮。
等待偶爾晴朗的日子
被那些為思念所苦的人凝望。

有你
的　日子
永遠　晴朗

我們拙於表達愛
還在學如何愛人的時候
我們就已經擁有彼此了。
用糖把回憶甜甜的漬起來
溫柔而纏綣。

clumsy love

「我願意。」
縱使是一千次失誤的語言
也願意。

有你
的　日子
永遠　晴朗

念在好久不見的份上
告訴我，你很想我。

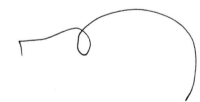

當我們約好見面的時候
隨著公車續駛，每靠近你一點
我就覺得自己變得更愛你一點。

有你
的　日子
永遠　晴朗

話不必說太多，愛一個人
就是在他說話的時候
誠懇的望進他的眼睛。

跟你在一起的時候，我什麼都怕
怕黑，也怕打雷

但你知道嗎
其實我睡覺時習慣把燈全關
也並不真的懼怕雷聲

我就只是想要向你撒嬌而已。

有 你
的　　日 子
永 遠　晴 朗

希望自己能在不完美的時候遇見你
來不及化妝
未梳開的髮絲落在肩上
還穿了兩隻不同花色的襪子
而你仍然約我吃早餐
帶我去看星星

有你
的 日子
永遠 晴朗

這樣的話，
我願意再相信一次永遠。

clumsy
line

知道你喜歡收明信片
我每次見你都會捎上一張
希望你放眼望去,都是我的字跡
還有我將心肺掏盡所傾訴的愛意。
寫出來的詞彙有很多種
但每一句都是我愛你。

你不必做任何事
你只是在那裡,就足以將我照亮。

clumsy love

我是喜歡雨的
聽雨的聲音讓我的心情溫柔安靜
就算寂寞也不要緊。

有你
的 日子
永遠 晴朗

為你，我卻愛上晴天。

陪你看遍晴空下的海，一次又一次。

或許只要海浪不停止

只要雨過還有天晴，我就還愛著你。

clumsy

「要不要和我一起顛沛流離。」
「遇見你的那天
　我就做好這樣的打算了。」

有你
的　日子
永遠　晴朗

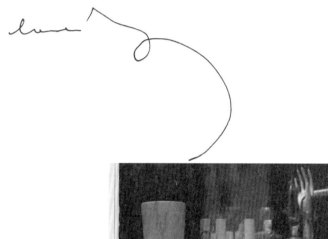

喜歡一個人是什麼感覺？
所有好吃的東西
和生日當天的最後一個願望
都想留給他。

有你
的　　日子
永遠　晴朗

好多好多年
我的最後一個生日願望
都許了同一個名字。

clumsy
love

雨季多有分離，雨季獨佔思念。

有你
的　日子
永遠　晴朗

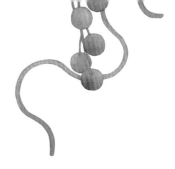

泛黃的日記，千篇一律寫著你的名字
更傻的是其中交錯著愛和喜歡的字眼

以為你能實現我的永遠。

. .....

shades of sky

shades of sky:41~60

和你

靜靜的

數算　天光

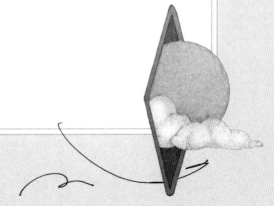

shades of sky

　將自己的一部分剝離送給你
好讓你將我隨身攜帶。
我們不要一起度過雨天
這樣我就可以在雨天想你。

想去一個下雪很美的地方
想住面海的房子。
如果可以，就開一間咖啡廳
並且養一隻哈士奇。

有你
的　日子
永遠　晴朗

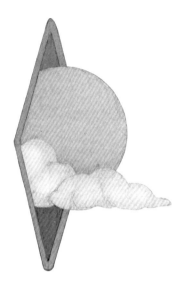

想來想去
最後還是決定用這些願望換一個：
你在身邊。

我明明是渾身矜持和傲氣的人
但碰上與你有關的
就甘願如此狼狽的活著。

計畫被打亂
突如其來的問候讓人覺得緊張
未知和孤獨都造成距離。
遇上你，我就甘願接受一切巧合
任憑你在我的心口橫衝直撞。

有你
的　日子
永遠　晴朗

我抛棄矜持
只為了能假裝走在一樣的路上
要是能踩著你的影子前進
該有多好。

shades of sky

每個人都是一座孤島
畏懼靠近，被寂寞和絕望圍繞。

我們可以安靜的待著，不掙不搶
在彼此的世界裡
做一束安靜的光。
除去外在所有可觀的
活在彼此的想像裡
瘋狂戀慕著，一個從沒見過的人。
但怎麼能說我們愛上的
不是彼此最真實的靈魂呢

有病，並且病得不輕。

有你
的　日子
永遠　晴朗

Shades of sky

「我在的地方總是下雨。」
「那我就喜歡雨。」
「那我希望一直都是雨季。」

回憶容易以各種方式消散
隨著時間流逝
我們的記憶就越發不可靠。
與你在一起的時光如畫
每一秒鐘我都捨不得忘記。

有你
的　日子
永遠　晴朗

知道你全部的缺點
卻還是想告訴你
「沒關係，因為只要是與你有關的
我都喜歡。」

有你
的　日子
永遠　晴朗

shades

N of sky

你說：「幸好，我們還在一起。」
「幸好。」我說。

快樂是很簡單的事情。

快樂是遇見想天天賦在一起的人
開點小玩笑也不在意
在彼此面前哭得很醜也無所謂。
快樂是一種「在一起，就好」的感覺
或是把對方列進人生清單裡
想要一起生活。
快樂是我想你的時候
即便你知道自己進不了信箱
也會記得給我寫信
向我捎來你的消息。

有你
的　日子
永遠　晴朗

快樂就是，就是喜歡你。

謝謝你在我的生命裡
吹起最和煦的風。

我最喜歡你望著我的模樣。
那麼美麗，那麼輕盈
像蒲公英開散在心底。

有 你
的 日 子
永 遠 晴 朗

海和岸終其一生倚靠思念存活
正如我安靜地棲息在你邊上。
我想要，我們連呼吸都相親。

shades
of
sky

shades
of sky

不論那是何方
有你，久居黑暗又何妨。

有你
的　日子
永遠　晴朗

我們親吻，我們說浪漫的話
迎著夕陽，一起靜靜的數算天光。

溫暖的。溫柔的。美好的。
可愛的。勇敢的。幸福的。

有你在的日子這些都有了。

有你
的　日子
永遠　晴朗

shades
of sky

希望這一秒永遠停滯
兩個靈魂定格成一張相片。

用不發一語的方式
什麼都不做也無所謂。

攜手散步的光景恍如昨
時光回放，我用餘生的歲月交換
記憶中我們最美的模樣。

生命應該浪費在美好事物上
阿勒勒的眼淚漫天,是綺旋的思念、
不聲不響地散落。
那是即便沒有未來,也不後悔的遇見。

有你
的　日子
永遠　晴朗

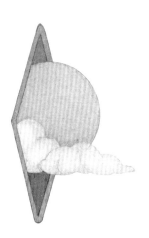

你總是想成為別人的太陽
用盡氣力去溫暖對方
大家都不曾真正看過你的影子。
忘記你的影子和所有人一樣,
擁有寂寞的本質,脆弱的像要窒息。

有你
的　日子
永遠　晴朗

我總是好心疼你
你的落寞、你的悵惘
你一切不為人知的哀傷。
太陽當久了會累，更何況那樣的光芒
都快要無法照亮自己了。
我愛你，包括愛你的影子
累了就來我這裡。
不用亮也沒關係，你知道我不會嫌棄。

我認得你的每個細節與呼吸。
正如浪和礁石，或平靜或張狂的你。

從來就不是浪去擁抱礁石
而是礁石忍著疼痛
一次一點的被帶走。
卻還善解人意的珍惜，浪的刻痕。

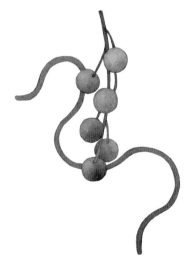

從前我自豪能讀懂你的沉默

能看出藏在每個眼神之後

你不欲人知的。

那年盛夏繁星點點，視線漸漸模糊。

不近不遠的距離

我們並肩仰躺在廣場上。

shades

of sky

你是我生命永恆的異鄉
亦是到不了的彼岸。

有你
的 日子
永遠 晴朗

chapter:FOUR

. ....

unforgettable

unforgettable:61~80

捨 不 得

忘 記

每 一 秒

我的靈魂因你濕的一塌糊塗
像受潮的書頁無法攤平。

「 要喝咖啡嗎？」

仔細將密封袋打開
用湯匙舀出一匙豆子
倒入木製研磨機。
默數把手旋轉次數
邊聽著豆子的磨碎聲。

小心拉開裝有咖啡粉的抽屜，將
現磨的粉末輕倒在濾紙上，取來
小容量的保溫瓶，熱水緩緩注入，
咖啡香四溢在我們之間。

有你
的　日子
永遠　晴朗

但最喜歡的
還是你那句:「我們一人一半。」

unforgettable

「路上小心。」
不論你在人生路口的哪裡
我都將你放在心上掛記。

有你
的　　日子
永遠　晴朗

想一起看每年的春雪融化
我的餘生有你，但願來生亦然。

unforgettable

/

親吻彼此的手心,溫柔的說道
「我把我的靈魂給你。」
我們僅僅是
真切地愛著那不完美的靈魂
就像兩顆同樣孤寂的星球
用盡一生
只為等待真正愛著的人造訪。

有你
的 日子
永遠 晴朗

unforgettable

用剛剛好的力度擁抱你
將驚惶和哀傷融進彼此的身體。
那些在他人眼中不堪一提的疼痛
好像都能因此痊癒。

unforgettable

你不喜歡雨
我就想替你承接所有雨滴
換你的日子永遠晴朗。

有 你
的 日 子
永 遠 晴 朗

unforgettable

你的嗓音藏不住笑意、
有無盡的溫柔
比任何情話都來的動聽。
我不會告訴你
每天等待你的早安
是我最快樂的事情。

126

有你
的　日子
永遠　晴朗

我們共同擁有一段只有彼此的
時間，這從來就不是浪費。

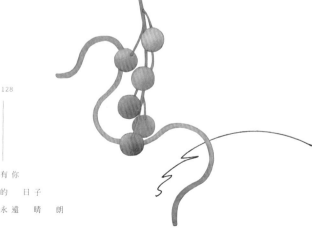

有你
的　日子
永遠　晴朗

想到有你的明天
就期待日光升起
把每一顆流星的願望都許給你。

冬天經常雙手冰冷
身體的暖怎麼也傳不到末梢。
這種時候
我就會特別特別想牽你
想刻意的讓你察覺
刻意的連心一起偷偷塞給你。

有你
的　日子
永遠　晴朗

「你的手怎麼這麼冷！」
「因為需要你牽。」

（不會撒嬌的人
　也是可以做些有點可愛的事情）

我喜歡走在你的左邊
你每次問我為什麼
我都說因為習慣
但我想說的是
這一側離你的心比較近。

有你
的　　日子
永遠　晴朗

unforgettable

喜歡一個人，喜歡到一個地步
在你之後我遇到的任何人
都不足以激起心裡的漣漪。

我們循著街燈漫步
認真地說著一些微不足道的事。
像是為什麼鍾愛橘色的貓
為什麼堅持走在你的左邊
或是為什麼每次去咖啡廳
只點檸檬塔配黑咖啡。

有你
的 日子
永遠 晴朗

許多事情原本以為忘了，卻在心裡翻
成海浪。
翻成浪的小事，想起來才最窒息。

我們從不為什麼特別的日子慶祝
因為我們把能在一起的時光
都過得特別。

有　你
的　　日　子
永　遠　晴　朗

狐狸告訴小王子:
「你最好在同一個時間來。如果你
在下午四點來,那麼從下午三點開
始,我的心裡就會有種幸福的感覺。
越接近四點,這種感覺就越強烈。
而等到四點時,我根本就坐不住了。
我會焦急地期盼你的到來,這種
期待會讓我發現,幸福是要付出代
價的。」

「要是小王子很準時的出現了,但
狐狸卻不在該在的地方要怎麼辦?」

「只要狐狸夠愛小王子,牠就會在。」

有你
的　　日子
永遠　晴朗

unforgettable

不用擔心，我夠愛你，我一直都在。

unforgettable

我喜歡海
喜歡看浪輕輕拍打著海岸。
散步時剛巧遇上了落日
我就相信今天和明天都會是好日子。
然而這些都比不上，我走在你身側
時不時從旁偷看，你讓人心動的
嘴角以及那好看的側臉。

有你
的　日子
永遠　晴朗

「或許很多年後我們因為什麼理由
分開了,再也沒辦法一起散步。或
許我再也找不到一起看海的人。
我會想念這個落日,會很想念你
更想念我們。」

想你的時候
灑在身上的陽光格外溫暖
微風帶著淡淡花香
世上的陰暗都變得明朗。

unforgettable

那些詩曾是相愛的暗語
所有倉促的結束都有奇蹟般的相遇
為浪漫的緣故贈詩
想不那麼直白的讓你發現那些喜歡。

你離開後，所有情詩，都難以下嚥。

有 你
的　　日 子
永 遠　晴 朗

chapter:FIVE
·　····

blossom,
you are not around

blossom,
you are not around:81~100

花又開了
你
不在

blossom,
you are not around

曾經那麼輕易接近你的生活
想要生命中每個環節都同步
像齒輪接著齒輪。

有你
的　　日子
永遠　晴朗

blossom,
you are not
around

怕是今生都學不會別離
情願當作我們還能再見
可惜很多再見，沒能久別重逢。

從前我是喜歡雨天的。
浸泡在滴滴答答的雨聲裡
凝視著街角奔路的人。

有 你
的　日 子
永 遠　晴 朗

「如果可以我也希望喜歡的是你，
　可惜我不喜歡台北，那雨下得太多。」
我也知道，其實你喜不喜歡我
跟雨一點關係都沒有。
不論想盡多少方法試圖使自己快樂，
都不敢一個奢侈的願望。
「我好想要你回來。」

blossom,
you are not
around

不是每一場雨都能等到天晴。
讓自己真正的勇敢
才能免去與你錯身時的落寞。
只希望你每次偶然想起我
心都溫柔的發燙。

有你
的　日子
永遠　晴朗

blossom,
you are not around

有你的夢都是模糊的。
那是場大雨，我們各執一傘，躲
進沒有紛擾的空間。
我們好似明白，這場雨不會停。
你說我不必擔心你是不是忘了傘
要相信你能照顧好自己
又或許有人會替我照顧你。
然而設好停損點，安好自己的心
離別已然靠近。

blossom

能嗎？
每想你一次，就找你一次。
能允許我找你嗎？
再多的陳腔濫調有時都比不上
一句：「今天天氣很好。」
適度的寂寞是好的，愛也是一樣。
那些詩曾是相愛的暗語，一切潦草
的結束也曾有奇蹟般的起始。
把你藏進日常的想念，適合靜靜的
不該大肆宣揚，就像我一樣。

you are not around

長大後，對時間流動的感覺越來
越模糊。
只知道或快或慢
你都不會回來了。

入睡以前，適合安靜綿長的想念
為此我錯過無數的晚霞晨曦。
任憑淚把墨暈散
書寫多年，你仍不明白
許多話是對你說的。

撕碎的紙片散落一地
你不在這裡。

有你
的　日子
永遠　晴朗

有時孤獨比愛更讓人自在，戰戰兢
兢的生活太疲憊，試著習慣一個人。
捨不得傷害的
就成為生命中特別的人
以朋友之名，我們到老。

有 你
的 日 子
永 遠 晴 朗

blossom,
you are not around

他們說不要總是那麼負面
這世界上還有人愛你。
但他們不知道過去傷害我的
也都曾是愛我的。
他們總是說想念很不健康
但他們不知道為了活下去
我必須想。

抵不過時光的回憶最溫柔
卻也最磨人。

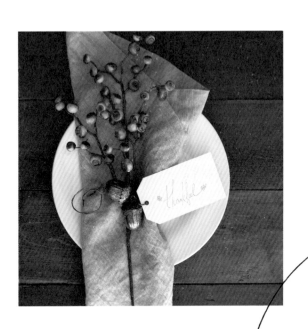

我最害怕的就是
我們曾經那麼靠近，但又忽而遠離。
你能不能，還要我。

blossom

我總是能在人群中一眼找到你
或是馬上認出你的聲音
甚至記得那些被你遺忘的細節。
你可曾反覆練習
如何擁抱一個人的影子
就連你的呼吸，我都在意。

有你
的　日子
永遠　晴朗

You are not around

blossom,
you are not around

現在想起才發覺
轉過一個又一個人生的街角後
我在歲月中，不小心把你也送走了。

有 你
的　日 子
永 遠 晴 朗

那天我們一起在廣場上
迎著風我望著你。
你笑著說：「我想讓你看看杜鵑
花，不久後它們會全部盛開。」
我像你一樣閉上眼睛
試圖分辨空氣中的淡淡花香
再輕輕地捧起掉落的花瓣。
「杜鵑用盡力氣開滿了花，多到從
枝上被擠下，卻無人欣賞。」

有你
的　日子
永遠　晴朗

我不會忘記你當時說話的表情
每到杜鵑盛開的季節
我都想起你。
「今年的杜鵑開了嗎？」

疼痛、遺憾、悲傷。
用這些字句當作藥
騙自己疤痕淡去，你就會回來。

有你
的　日子
永遠　晴朗

blossom,
you are not
around

「想聽你的一萬次晚安。」
「好啊，你喜歡我就天天說給你聽。」

一千三百一十次，我的晚安再無回音。

說好一起走過歲歲年年
那些陰霾和豔陽天
你離開我，卻說為我好。

有你
的　日子
永遠　晴朗

blossom 是
you are not around

再也不會為這樣的事情傷神
即便往後日日大雨傾盆。

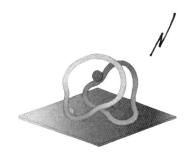

blossom,
you are not
around

眼淚所賦予的傷心
一直以來都太過疼痛了。
這世上, 太多事與願違。

有一次哭著醒來，我夢見你不要我了。
而空蕩冰冷的房間告訴我
那不是夢。

我們不在一起，很久了。

把我心裡的你帶走吧，我不要了。
曾許諾你生生世世，如今卻想
但願來生這些眼淚都與你無關。

細水長流的溫柔，有你才有意義。
但不知從哪一天起，我被你塵封
不再影響你的思緒
不再被你提起。

我只可能是你心裡淘汰的舊人了。

有你
的　　日子
永遠　晴朗

後記

2015 年開始在 Instagram 上寫字，寫那些溫柔卻悲傷的事。本來只是想找一個口袋，把所有的不欲人知和無能為力的傷心，安安穩穩的收在裡面，卻意外遇見了許多和我一樣的人。出社會後，被現實壓力催逼，面對生活中無數個想要放棄的時刻，但未曾想過要放棄書寫。

「手寫，才看見溫度。」是很簡單的一句話，但能一往無前的喜歡並不容易。過去人們寫信、明信片，是因為心中掛念對方，將思緒一筆一畫地刻進紙張，連同自己的思念一起寄到對方手裡。希望對方見信安好，別來無恙。

為了在這個世界裡當一個浪漫的人，我堅持保有這樣的書寫習慣，並且想讓我的每一個書寫對象知道，那樣的等待絕對是值得的。

我一直以為有故事的人才寫作，才能由衷的運用文字。

有你
的　　日子
永遠　晴朗

但其實認真生活就會有故事，像是讓世界來撲倒你一般，去擁抱和接受。認真看待每一件事，和人說話的時候，誠懇的望進他的眼睛。

一直以來，都是在關係裡極度缺乏安全感的人，也算不上有自信。被稱讚的時候，經常會想要躲起來。

「啊，原來有人願意聽我說話。」

被人喜歡和肯定是一件多麼幸福、多麼不可思議的事。謝謝在 Instagram 遇到的每一位讀者，認真對待我的文字，並對我不離不棄。

謝謝副總編秀梅和責編淑怡，陪我一起看著這本書出版。

謝謝家人義無反顧的支持，看過我的最好與最壞，卻愛我始終如一。

謝謝每一個所愛的人，你們都是我的光，有你們的日子永遠晴朗。

最後，我想將本書送給正在閱讀的你，你愛人的姿態那麼美、那麼勇敢。

我們都愛過、傷過、疼痛過、掙扎過、快樂過，也曾經幸福過。

雖然在時間之流裡浮沉，但仍一心執著地想成為一個全然溫柔的人。

希望能一直做著喜歡的事，依然在守著這裡安心寫字。

希望所愛的人可以平安幸福，希望自己可以活得好，活得不枉過去那些傷心。

國家圖書館出版品預行編目 (CIP) 資料

有你的日子永遠晴朗 / 手寫，才看見溫度 | 阿丁著 .-- 初版.
-- 臺北市：麥田出版：家庭傳媒城邦分公司發行，2020.02
面； 公分 .--（寫字時區；3）
ISBN 978-986-344-725-2（平裝）

863.55   108020792

寫字時區 03

有你的日子永遠晴朗

作者	手寫，才看見溫度	阿丁
責任編輯	陳淑怡

版權	吳玲緯
行銷	巫維珍　蘇莞婷　黃俊傑
業務	李再星　陳紫晴　陳美燕　馮逸華
副總編輯	林秀梅
編輯總監	劉麗真
總經理	陳逸瑛
發行人	涂玉雲
出版	麥田出版
	104 台北市民生東路二段 141 號 5 樓
	電話：(886) 2-2500-7696　傳真：(886) 2-2500-1967
發行	英屬蓋曼群島商家庭傳媒股份有限公司城邦分公司
	104 台北市民生東路二段 141 號 11 樓
	書虫客服服務專線：(886)2-2500-7718、2500-7719
	24 小時傳真服務：(886)2-2500-1990、2500-1991
	服務時間：週一至週五 09:30-12:00・13:30-17:00
	郵撥帳號：19863813　戶名：書虫股份有限公司
	讀者服務信箱 E-mail：service@readingclub.com.tw
麥田部落格	https://ryefield.pixnet.net/blog
麥田出版 Facebook	https://www.facebook.com/RyeField.Cite/
香港發行所	城邦（香港）出版集團有限公司
	香港灣仔駱克道 193 號東超商業中心 1 樓
	電話：(852) 2508-6231　傳真：(852) 2578-9337
	E-mail：hkcite@biznetvigator.com
馬新發行所	城邦（馬新）出版集團【Cite(M)Sdn. Bhd】
	41-3, Jalan Radin Anum, Bandar Baru Sri Petaling, 57000 Kuala Lumpur, Malaysia.
	電話：(603) 9056-3833　傳真：(603) 9057-6622　E-mail: cite@cite.com.my
印刷	沐春行銷創意有限公司
電腦排版	陳采瑩
美術設計	sometime-else practice. 以後 練習室

2020 年 2 月 1 日 初版一刷
定價 330 元
ISBN 978-986-344-725-2